浪花朵朵

柴犬莉莉

［日］土师俊资　著　唐亚明　编译

北京联合出版公司
Beijing United Publishing Co.,Ltd.

在一个绿草茵茵的山丘上，有一座养殖奶牛的牧场。站在山丘上，蓝色的大海尽收眼底。经营奶牛牧场的一家人，养了一只柴犬名叫莉莉，今年四岁。

莉莉家里，有和她最要好的桃子姐，还有桃子姐的爸爸、妈妈和爷爷、奶奶，一共五口人加一只狗。可是，莉莉并不觉得自己只是一只狗，所以她家算六口人。

爸爸、妈妈和爷爷养了好多头奶牛。牛舍很大，奶牛们总是哞哞地叫，热闹极了。爷爷他们休息时，总是叫：“莉莉，过来过来！”然后跟她玩一会儿。所以，在桃子姐上学时，莉莉就到牛舍玩。

乡下的道路没有红绿灯。

每天清晨，爷爷都站在路边义务维持交通秩序，保护小学生安全过马路。

早上，只要一听到爷爷叫“莉莉，出发啦！”莉莉就跟在爷爷后面，走到小学生必经的十字路口。莉莉从小就习惯了这样一大早就出门。

路过这里的小学生和司机们都喜欢爷爷和莉莉。

孩子们总是停下脚步，摸摸莉莉的头，和她说几句话，玩一会儿再走。

莉莉也愿意和小学生们玩，她似乎觉得和他们玩是自己的工作。所以，每当她远远地看到孩子们的身影，就不停地摇动尾巴。

奶奶在家做饭、洗衣服和打扫卫生，为全家人忙东忙西。她总是对莉莉唠叨说：“你该补补胶原蛋白啦！”“你再不吃维生素C，就会感冒的。”“你可得多吃蔬菜呀！”奶奶每天想出各种各样的菜谱做给莉莉吃。莉莉平时也吃商店里买来的狗粮，但是她最爱吃的，还是奶奶亲手做的饭菜。

爷爷常对奶奶发牢骚：“你别老这么惯着莉莉，以后她要是变得任性不听话，我可管不了啦！”于是，奶奶就还嘴：“瞧你说的，人家莉莉不看电视，又不玩游戏机，除了吃，还有什么乐趣呀？是吧，莉莉？”奶奶根本听不进爷爷的话。其实，给莉莉做饭吃，是奶奶最大的乐趣。

一天，桃子姐在厨房里帮奶奶收拾碗筷。突然，四周吱吱吱地响动，房子晃了起来。哐啷一声，冰箱上的盒子掉了，碗柜里的碗和盘子也摔了出来，饭桌上的东西七零八落掉在了地上。

桃子姐吓坏了，紧紧地抱住奶奶。摇动的时间很长。正在外面玩耍的莉莉，不知道出了什么事，从后门跑进来狂叫。

摇动刚刚停止，天地间猛地响起了巨大的轰隆声。刹那间，天摇地动，房屋倾斜，房柱断裂，房梁一下塌了下来。

桃子姐浑身发抖，奶奶跪坐到地上。莉莉有生以来第一次遇到这样的情况。她还不知道这是大地震，不知如何是好。

虽然发生了大地震，但幸好牛舍结实，爸爸、妈妈和爷爷都平安无事。桃子姐和奶奶除了受到惊吓，并没有受伤。但房子不能住了。

到了晚上，四周一片漆黑，没有电，不能开电视和空调。

全家人围坐在煤油炉前，烧开水泡方便面，将就着吃了晚饭。大人们在议论：“听说海啸把海边的建筑都吞没了！”“那里的核电站应该没事儿吧？”……

但是，莉莉听不懂他们在说什么。

第二天一大早，莉莉的家人把行李装了满满的一车。每次家人出远门时，都把莉莉拴在大门口的柱子上，留她看家。那天，莉莉也被拴在了柱子上，汽车开动了。

车刚开出几步远，忽然又停了下来。爸爸跳下车，跑到莉莉面前蹲下来，一边抚摸莉莉的头，一边恋恋不舍地说：“我们过不久就会回来的，你乖乖地看好家啊！”说话间，爸爸解下了拴在莉莉颈圈上的链子。

爸爸回到车上，车开上了大路。莉莉没有被链子拴住，她跟着汽车跑了起来。

可是，她怎么跑也追不上汽车。

莉莉只好停了下来。她跑到小丘上，眼看着汽车渐渐远去。

太阳落山了，四周暗了下来。可是，谁也不回来。到了夜晚，屋里屋外一片漆黑，远处的路灯也不亮，到处静悄悄的。

莉莉坐在房檐下一动不动，等着桃子姐他们回家。远处时而传来隐约的牛叫声。夜空里星光闪烁，今晚的星星显得格外明亮。

过了一天又一天，莉莉每天等待家人，可是谁也不回来。奶奶出门前，给她留了好多吃的，还把狗粮的袋口也打开了。奶奶怕她口渴，又给她留了满满的一桶水。

莉莉左等右等，又过了好几天，可是谁也没回来。莉莉想：“桃子姐他们是不是在附近的什么地方呢？”莉莉去了桃子姐和爷爷、爸爸经常领她散步的地方。

可是，哪儿都没有人，更别说看到自己的家人了。莉莉垂头丧气地回到家中。

之后，莉莉每天从早到晚到处寻找家人。一天，她走到一条大河边。忽然，她闻到了风里有人的气息，好像是从河对面飘过来的。莉莉心想：“也许过了河，就能见到桃子姐他们了。”

莉莉早起什么也没吃，又一直不停地走路，肚子饿得咕咕叫，腿也疼得厉害。但是她鼓足了劲，快步走了起来。她四处寻找能过河的地方。她沿着河边走呀走，终于看到了一座绿色的大铁桥。

莉莉走上铁桥一看，桥上有通火车的铁路。莉莉的直觉告诉她，过了这座桥，就会有很多人，也许就能见到桃子姐他们。想到这里，莉莉加快了步伐。

莉莉过了铁桥，走了一会儿果真看到了人。她越往前走，人就越多，路上还来来往往跑着汽车。莉莉从来没有见过这么多的汽车。她想：“在这么大的城里，到哪儿去找桃子姐他们呢？”

薬

马路上汽车川流不息，莉莉匆匆忙忙跑着过马路。莉莉家在乡下，所以她不知道红绿灯，也不懂什么人行横道。

当莉莉冲上马路时，一辆迎面驶来的汽车“砰！”地撞上了她。莉莉被猛地掀翻飞起来，又重重地砸在柏油路上，失去了知觉。

一位过路的老先生正好看到了这一幕。他赶快跑过去，摸摸莉莉还有呼吸，就把她抱起来，走回家去。

幸亏莉莉伤得不太重，有些脑震荡，但是没有生命危险。当天傍晚，莉莉就能站起来了。

救莉莉的人，家里只有妻子和他两人。和他们一起生活多年的狗儿在上个月死了。夫妻俩一直觉得，他们心爱的狗儿有一天还会回来。所以狗儿的东西，狗窝、狗餐具、狗粮……他们都没扔掉。

妻子高兴地对丈夫说：“你看，这是老天又送给我们一只狗啊！”丈夫也说：“她脖子上还挂着饲养许可证呢。这次大地震，区政府也顾不上找狗的主人了。我们就收养她吧。”

夫妻俩可疼爱莉莉了。妻子抚摸着莉莉，轻声地对她说：“你呀，看起来好聪明。你如果没地方去，就留在我们家吧，给我们老两口当孩子。”

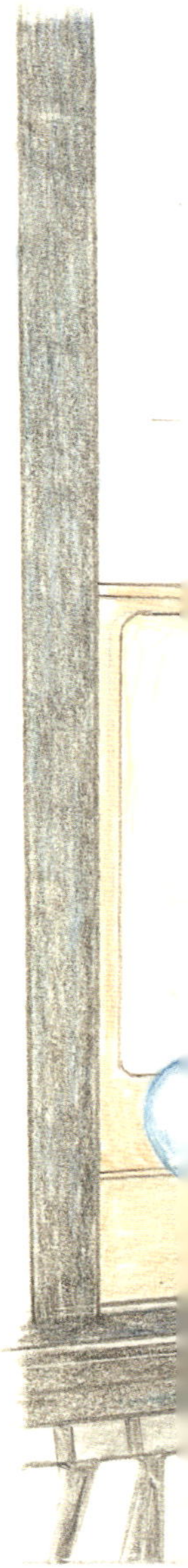

莉莉的伤养好了。

她心里感激这对夫妻，但还是想去找桃子姐他们。她心想，如果夫妻俩看到她走，一定会很伤心。

于是在一个大清早，莉莉趁他们还没起床，悄悄地离开了这个家。她在心里默默地说：“大伯、大妈，谢谢你们！如果找不到桃子姐一家，我就回来。”

莉莉穿过陌生的城市，一路朝海岸线的方向走。越接近海岸，周围的景色变化就越大。

房屋倒塌，道路被瓦砾堵塞，被掀翻的汽车随处可见。

渐渐地，四周不见了人影。

莉莉在满目疮痍的街上走了好几天。根本分不清哪里是马路，哪里是广场。有的水泥建筑只剩下了框架。渔船竟然歪倒在陆地上。

看不到一个人。

莉莉饿着肚子，步履维艰地继续走。这一带倒塌的房屋少了，可电线杆歪歪斜斜。

瘦骨伶仃的牛群在空无一人的大街上徘徊游荡，它们大概是冲破栅栏逃出来的吧？可桃子姐他们到底在哪儿呢？

莉莉走到一片草地上时，几只大狗围了过来，冲着她大叫。迄今为止，莉莉很少和别的狗打交道，她吓得叫不出声来。

莉莉明白自己打不过这么多大狗。她慌忙逃窜，可是狗群马上追了过来。莉莉知道跑也没用，只好站在那儿，一动也不敢动。

这时，一只高大的秋田犬跑过来问道："喂，我说各位，你们的家人也都不见了？"

"是啊，这镇上没人影了，谁知道人都上哪儿去啦？"一只黑白的波士顿犬回答说。

"这下可好啦，害得我们好多天

没吃一顿像样的饱饭！”“这叫什么人呐！”“真是的！”狗群七嘴八舌地说了起来。

秋田犬问道：“那你们说，我们该怎么办呢？”“什么怎么办？找吃的呗！”一只土佐犬说完转身就走，大狗们也纷纷离去。

等别的狗不见了，秋田犬问莉莉：“你真的不知道你的家人上哪儿去了吗？”“前几天，我跑到很远很远的河对岸都没找到呢。”“这一带我都找遍了，每天累得腰酸腿疼。不过咱们别泄气，接着找吧。”

“我才不泄气呢，我肯定能找到我的家人！”

莉莉告别了秋田犬，继续向前走去。

莉莉走上大路，看到了人！可是，这几个人从头到脚严严实实地裹着白色的服装。他们挡在路口上，禁止所有的人和车辆通行。

莉莉趁人不注意，翻过了公路旁的小山。她怕被人追赶，拼命地往前跑啊，跑啊……

突然，莉莉的眼前出现了她从来没有见过的景象。一座巨大的建筑矗立在海边的高坡上，周围有许多身着白色服装的人，和刚才看到的人打扮得一模一样。他们好像在忙着做什么。这些人都戴着口罩和防护镜，看不到他们的表情。莉莉不知道这些人见到自己是高兴还是不高兴。

莉莉汪汪地叫了起来。这时，有一个人走向莉莉，用棒子轰赶她，不让她靠近。莉莉第一次见到人对她这么凶狠，又看不到那个人的脸，她很害怕，赶快逃走了。

莉莉从山坡穿过草地，又从田埂穿过田野，不知跑了多远，终于回到了久别的家。莉莉想，也许家人已经回来了。她激动地站在家门口大叫起来。

可是，没有回音，也没有人的气息。房屋已经东倒西歪。莉莉冲进家里到处寻找，没有桃子姐、爷爷奶奶和爸爸妈妈。

莉莉跑到牛舍去找爸爸和妈妈，那里也没有人。所有的牛躺倒在地，一动也不动。一定是因为没有人喂食喂水，都饿死了。也许已经死了好多天，牛舍里臭气熏天。

孤零零的莉莉心想：“家里人肯定把我忘了。”她不禁伤心起来。

莉莉原以为回到家就能找到吃的。但是奶奶留给她的食物，早就被别的狗吃光了，什么都没剩下。莉莉饿得肚子咕咕叫，只好睡觉。

正在这时，莉莉发现，一只野鸽子正在她前面找食。莉莉猛扑过去，一口咬住了拼命挣扎的野鸽子。

地震前，莉莉在后山也抓过野鸽子，但她没有吃过。现在，她实在太饿了，就一口吞了下去。

莉莉吃过野味后，知道了滋味，就每天抓青蛙、蛇和老鼠充饥。但是这些小动物动作敏捷，很不好抓，光靠抓小动物填不饱肚子。莉莉每天仍然饥肠辘辘。

莉莉已经好几天没有抓到小动物了。一天，一辆面包车开了过来。是家人们回来了！莉莉从庇荫处冲了出去。车上下来几个全身穿着白色塑料衣服的人。

莉莉不知道，居民避难时规定不许带走狗和猫等宠物，这些人是前来抢救宠物的志愿者。她们一声声呼唤莉莉，但是莉莉不敢走近。这时，一个和蔼的姐姐慢慢走过来，轻声地叫她。莉莉这才走了过去。

莉莉被志愿者带到了宠物保护中心。那里集中了许多被留在灾区的宠物。

一位上了年纪的老爷爷走过来，一边抽烟一边说："这次地震和海啸不知夺去了多少生命，这只柴犬能活过来一定很不容易。"

一位大胡子叔叔抚摸着莉莉说："你放心，我会帮你找到你的主人！"

大胡子叔叔抱起了莉莉，在她耳边好像自言自语地说：“海啸冲走了我的家人和朋友，核泄漏事故又让我们渔民没法下海捕鱼。这几天我想，我不干点什么对不起死去的亲人啊！正好你来了，我先帮你找到主人吧。”

大胡子叔叔抱着莉莉到各个避难所询问：“你们有谁认识这只柴犬的主人？”

大胡子叔叔抱着莉莉来到第三个避难所时，一个正在门口玩耍的小学生喊了起来："哎？ 这不是莉莉吗？"听到他的喊声，别的孩子也跑了过来，"莉莉！ 莉莉！"

大胡子叔叔说："你们认识她吗？""当然认识啦！""我们每天上学时，她都和老爷爷站在路口。""我每天都和她玩呢。""你好吗？ 莉莉！""你看，她还记得我呢！"孩子们抚摸着久别的莉莉说。

大胡子叔叔笑了起来："这可有意思了。原来你叫莉莉啊。看起来你这家伙还挺有名的呐！"大胡子叔叔问道："那你们谁认识莉莉家的人？"

一个女孩子说："她是桃子家的。""桃子家也在这个避难所吗？""嗯，他们十天前还在，后来桃子的奶奶身体不好，就搬到镇上租房住了。我爸爸知道他们住的地方，我去问问。"说完，女孩子跑进了避难所。

　　这个女孩子的爸爸和桃子姐的爸爸很熟悉，他开车把莉莉和大胡子叔叔送到了桃子家。因为事先用电话联系过，莉莉他们刚到小区停车场，桃子姐一家人就都跑出来迎接。

大胡子叔叔说："再见了，莉莉！我也从明天开始找工作！"

在大地震后的第二天被留在家里的莉莉，竟然回来了！全家人别提多高兴了。他们轮流抱着莉莉，你一句我一句地说：

“莉莉，你真不简单啊！”

“这些天你是怎么活过来的？想死你了！”

“把你一人留下，真对不起你啦！”

“从今以后，我们再也不能分开！”

桃子姐她们自避难以来，难过，悲伤，不便……有过各种经历。也许，他们再也回不到那个山丘上宽敞的家了。也许，爸爸

妈妈和爷爷再也不能饲养奶牛了。

但是莉莉回来了，一家六口重新团聚，难道还有比这更高兴的事情吗？

作者介绍

［日］土师俊资

1943年出生在中国东北通化,早稻田大学史学系毕业。曾任职日本佐贺县教育委员会、佐贺县立图书馆、佐贺县公立学校。现任佐贺传承遗产研究会会长。出版著作《我的佐贺县立佐贺高等学校2年15班》等。家居日本佐贺县。

唐亚明

1953年出生在北京。曾任《中国旅游报》记者、编辑，中国音乐家协会翻译。1983年赴日，早稻田大学文学系毕业，东京大学研究生院博士课程结业。是第一个正式进入日本出版社的中国人，现任日本福音馆书店编辑主任，并长年在NHK做翻译工作。日本华侨华人文学艺术界联合会会长，日本华人教授会理事，东洋大学、上智大学客座教授。有图画书、小说、散文等大量创作和翻译作品。家居东京。

图书在版编目（CIP）数据

柴犬莉莉 /（日）土师俊资著；唐亚明编译. -- 北京：北京联合出版公司, 2016.6（2023.8重印）

ISBN 978-7-5502-7824-0

Ⅰ.①柴… Ⅱ.①土… ②唐… Ⅲ.①儿童文学－图画故事－日本－现代 Ⅳ.①I313.85

中国版本图书馆CIP数据核字(2016)第118160号

柴犬莉莉

著　者：［日］土师俊资
编　译：唐亚明
出品人：赵红仕
选题策划：北京浪花朵朵文化传播有限公司
出版统筹：吴兴元
特约编辑：梁 燕
责任编辑：张 萌
营销推广：ONEBOOK

装帧制造：墨白空间
北京联合出版公司出版
（北京市西城区德外大街 83 号楼 9 层 100088）
河北中科印刷科技发展有限公司印刷 新华书店经销
字数 5 千字　889 毫米 ×1194 毫米 1/32　2.5 印张
2016 年 8 月第 1 版 2023 年 8 月第 4 次印刷
ISBN 978-7-5502-7824-0
定价：49.80 元

官方微博：@ 浪花朵朵童书
读者服务：reader@hinabook.com 188-1142-1266
投稿服务：onebook@hinabook.com 133-6631-2326
直销服务：buy@hinabook.com 133-6657-3072